نسرين

نسرين

رياض القاضي

دار الحكمة
لندن

- نسرين (قصة)

- تأليف: رياض القاضي

- الطبعة: الأولى ٢٠١٤

- الناشر: دار الحكمة ـ لندن

- الاخراج الفني: شركة MBG (INT) Ltd ـ لندن

ISBN: 978 1 78481 006 1

DAR ALHIKMA
Publishing and Distribution

Chalton Street, London NW1 1HJ Tel: 44 (0) 20 7383 4037 Fax: 44 (0) 20 7383 0116 88
E-Mail: hikma_uk@yahoo.co.uk Website: www.hikma.co.uk

الاهداء

أهدي هذا الكتاب المتواضع الى حبيبتي وزوجتي (أشنا الهموندي) . . وأشكرها على ثقتها وحبها غير المحدود واحترامها الرائع لرجل اختارته من بين الرجال . . أتمنى ان تنجحين في إعداد رسالة الماجستير ، وكلي أمل ان تبلغين طموحك وأعدك بأنني سأكون دائما بجانبك يا زوجتي الغالية . . ويكفيني فخراً ان اتوجك تاجا على رأسي .

رياض القاضي

لندن

٢٠١٤/٧/٣٠

نسرين : أكثر ما يغلب على احاديث الشباب في هذا الزمان المُتعب هو أنها تتجه نحو غرضين لا ثالث لهما .. وهما ـ الحب والسياسة ـ ـ ... ولأن قصة ـ نسرين ـ كانت في فكر وخيال عاشقها مستوفاة عصرها .. (وكأن الله لم يخلق غيرها من النساء) .. فنسي بنات حواء وجعل نسرين رمزا للهيام والحب في حياته التي بلغت الآن العشرينات .. وقصتها اضحت طمس السنين كالوشم في اليد او الصدر .

وهذه المرأة الملاك التي تمثلت بجسد حواء اصيلة كانت بالنسبة له فرصة ذهبية لإكمال حياته معها .. ولعل اغلب النساء في حياة الكُتاب والشعراء لهن اثرا ذاهب من اللذة أو الألم ، أو طيف في الظلام .. الا نسرين بدت في فترة من حياة هذا الكاتب العاشق كالكوكب الدُري ينير ابدا ويضيء حياته حتى ولو فترة من الزمن .

وما أفتن الشاعر الشاب بها هو جسدها الانيق وصدرها الناعم ونظرات اختلسها من وجهها الحسن أو جسمها البض . مما

جعل حسنها يمسي عالماً اثيراً بث في وجدانه حياة ناضرة كالحياة التي ينشرها الربيع في صفوة حقوله وبساتينه . ولربما تكون هي من ستنهي حياته المتعبة التي عاشها سابقا .

تعرف عليها عندما كانت تُدرسه اللغة لمدة قصيرة من الزمن في لندن . وقد تعلقا ببعضيهما ولا يهم من بدأ بالتعبير عن الاعجاب اول مرة . . فما لبث الا واشعر الكاتب بحقها اشعار الغزل وحلم يوما بالزواج منها . لقد دلفت الى باب قلبه بدون استئذان وفتحت عليه نيران انوثتها وأحرقته بشذى صوتها . . وأرعشته من سهام عينيها . . وكان يشفق من سلوكه عليها . فقد سرق العاشق اثناء الاستراحة خصلات شعرها وحفظها بين طيات اوراق كتابه .

كانت هي ايضا مجنونة به كجنونها لحب الذات . . ولم تكن تحجم عن تلك المواقف وهو يراسلها أورع ماكان يكتبه من خواطر وأشعار بل خيل لها بأن من يُشعر لها هو ـ نزار قباني ـ . وعدّها قِبلتهُ الرومانسية بل سندس روحه التي عادت الى الحياة من جديد بمجرد أن التقى بها .

ورغم اطراد التجارب وكثرة الاهواء الا ان صاحبنا لم ينس عشقها بل بالعكس كتب في مذكراته ذات يوم بأنه عرف الحب منذ التقى بحبيبته الخالدة ، فمعاناة الرغبة والطمع الى نيل

٨

حبها اصبح هدفه .

وبعد اول رسالة غرام سألته عن رأيه في جسدها؟ فهي تشعر بأنها بدينة . . ولكنه سرعان ما اعترف انها عندما كانت تُدرسُه كان هو يراقبها ويراقب تحركاتها وتمايل جسمها البض الممتلئ بنظرة معذب . . وانه ما كان ليجد نفسه في بر الامان الا عندما تنهي الحصة وينفض كل واحد الى حال سبيله ثم يعود الى رشده بالكاد . اي وهم ساحر هذا؟

فهو صاحب الشأن الاوحد عندما كانت تبتسم في اغراء لتحرق قلبه . فكيف تكون هذه الآنسة التي اشرقت في حياته ووضعت خُطى قدميها على شوارع لندن .

ذكرى لن تمحى من باله ابدا . . فها هو يتخيل في عاشقين مرة وفي كل منعطف وشارع وفي كل زخة مطر اسماً ذهبياً كذهبية خصلات شعرها ـ نسرين ـ وكأن الزخات تنزل كعطر الكلام المقدس من جوف السماء . . ويغمره بلهفة الشوق ويراها . . وها هي الايام الخمسة من الدروس قد انتهت . . وغادر المعهد ولكن كيف سيراها مجددا؟

حاشاه ان يتركها فقد تعلق بها وتعلقت به . كان كل مرة يكلمها يُحسسها بأنهما كانا عاشقان افترقا ثم التقيا .

كانت لهفته اليها كل شيء .. انه جنون الحب وان مسته
فعواقبه مضرة عليه . فنسرين حينما تبتسم فابتسامتها عذبة
تسيل اغراء .. وهاهي مأدبة الحب قد افتتحت والعاشق الشاعر
بدأ يكتب بحقها كل ما تمتلكهما عليه عشقه .. يسكرهما
الحب ويريهما آيات الجنون والشوق . ولكن بعد سنتين من
الحب ماذا حصل؟

وما لم يتوقع منها وقع . كانا يتراسلان حتى الهزيع الاخير
من الليل .. ومخيلته ترصد وجهها وجسدها داخل قميص نوم
احمر .. يتخيلها بأنها ستكون مُلكه بلا منازع .. اجمل نهدين
تمتلكهما تلك الحسناء .. فستكون مُلكه .. ولكن بعد سنتين
اكتشف بأنها اخفت عنه موضوع طلاقها وإنها ما زالت على ذمة
رجل لا تحبه .. ولكنها لم تعترف بحقيقة ما تخبئه .

فاكفهر وجهه وأظلمت عيناه .. فقد احس انه يعيش الان
التشرد والهيمان .. لماذا لم تصارحه؟ بل انها حتى لم تشفق
عليه خلال العامين المنصرمين .. الا انها كانت تريد ان يكون
هذا العاشق كمخدر تنسى فيه لوعتها على هجران زوجها لها
تاركا وراءه ابنته وولده الصغيرين .

ومع ذلك انبرى لإصلاحها ودفع الشقاء عنها ولكن دون
جدوى .. فأعصابه كانت تغلب قلبه .. فهي متزوجة منفصلة

وليست مطلقه ، بل انها تتردد اصلا في الطلاق . فلم تستطع هي ان تحسسه بالأمان مرة اخرى وما يعتلج في صدرها من مأساة ، وكانت صديقتها زينب التي تلعب دور الدلالة وحشر انفها في كل شيء سببا في تهشيم تأريخ حبه الذي لم يكن له مثيل قط في حياته . . وكانت سببا في تفريق العاشقين .

كتب ذلك الكاتب خلال فترة حبه لها ١٢ كتابا بل وأكثر ونسي بعدها ان يحب اي امرأة اخرى خوفاً من ان ينسى ـ نسرين ـ ولكنه نسى . . فالله أهدى عبدهُ نعمة النسيان .

حفيد البيك

زاهر ظافر اسماعيل بيك الجلبي .. حفيد اسماعيل بيك
من أعيان بغداد في فترة ١٩١٢ وخلفه ابنه ظافر بيك ولكن زاهر
بيك لم يكمل عهده كبيك .. ولم يتهن باللقب لأن الثورات
التي جاءت وأكلت امجاد وتاريخ باشوات واعيان بغداد

بعد الملك فيصل الثاني حالت دون ذلك . كان يجلس في
مقهى الزهاوي في شارع الرشيد .. يشرب الشاي ويهش الذباب
عن وجهه .. وقد شارف على الخمسين ولم يتزوج بعد ..
الملكية الوحيدة التي بقيت هو منزله في الاعظمية قرب المقبرة
الملكية ..

فها هو بعد ان خسر كل شيء في القمار يتذكر ايام العز
وعهد الباشوات وذكريات العزائم والولائم في القصور والسرايات

١٢

ويتحسر على ما فاته من سنين . . فأين هم الاعيان والناس من حوله قد انفضوا بعد ان تأكدوا من افلاسه . . يا للعار . . يا ليتني سقيتهم سما بدلا من العرق والويسكي حيث كانت تأتيه الزجاجات الغالية من سويسرا ولندن وكانت باهظة الاثمان ـ قال في نفسه ـ .

ولكن المسألة الاكثر تعقيدا التي لم ترق له هي انه مازال يقضي حياته اعزب . فقد عاشر فنانات وراقصات ولكن حظه لم يحالفه في التعرف على بنت ذوات وذات اصل وفصل . . كان يلوم نفسه فهو عاش في حياة القذارة ، فكيف له ان يختلط ببنات الذوات .

المرأة التي شدت على اوتار رجولته وجعلته يخسر أملاكه هي لميعة المطربة والراقصة في ملهى الوردة الحمراء الواقع في شارع ابو نؤاس ، ما زال يذكر كيف اهدى لها عقداً كلفه ثروة ضخمة في سهرة كانا يأكلان فيها السمك العراقي المسكوف ـ المشوي على الفحم ـ مع زجاجة ويسكي راقيه مستوردة .

كلما تذكر ما انفق من مال . . ضغط بيديه على بطنه ضاربا كرشه ليُسكت اصوات الامعاء التي تتصارع مع بعضها وتتضور جوعا . . عليه ان يأكل كسرة خبز ولو يابسة فالجوع القاتل قد آذن بالهجوم عليه ولا يملك سوى ـ عشرة فلوس ـ ثمن قدح الشاي

ومن بعدها سيقرأ السلام على يومه .

يجب عليه ان يتحمل العناء حتى الغد . . لآن عمه الغني
سيعطيه راتبه الشهري غدا صباحا . . علاقته مع عمه عبدالرضا
باشا جيدة جدا وعمه محام في شارع الرشيد وكلما عرض على
زاهر بيك العمل كان الاخير يقول باستنكار :

ابن البيكات وحفيد الباشوات لم يُخلقوا للعمل بل فقط ان
يأمروا ويأكلوا .

ورغم ذلك فعمه لم يطرده حتى لم يزجره يوما . . فزاهر رغم
تكبره فذرة الرحمة مازالت مزروعة في قلبه . . وقد انقذ عمه عدة
مرات من غيبوبة السكر ونقله في انصاف الليالي الى المستشفى
وسهر معه في حين كانت عائلة عمه في لندن لحضور زفاف احد
الاقرباء .

أما أبناء عبدالرضا بيك فلا يقلون ثقافة عن والدهم ويعتبرون
زاهر بيك اخاً لهم ولولاهم لباع منزله مع املاكه التي ضاعت
هباءً . . ولكان الآن متسكعا في شوارع بغداد .

دفع زاهر بيك الـ ١٠ فلوس ثم تمشى قليلا لينسى جوعه
وكان الجو برده مال الى اللطافة وشاعت فيه رقة الربيع . . كانت
فكرة ان يلتقي بامرأة ليحبها مازالت تكبر في رأسه وتتردد في

١٤

قلبه .. ولكن اعياه الجهد والتفكير .

ثم فجأة عربة مأكولات جوالة لاحت امامه وكانت رائحة الاطعمة الشهية كافية بقطع سلسلة افكاره كلها .. ولم يمنع نفسه من ان يقف على مسافة منها ليشبع نفسه الجائعة من رائحة الاكل المنبعثة بلا رحمة من العربة .. حتى صادف ما لم يكن في حساباته .. زميله وصديق طفولته ـ صفوت حكمت القاضي ـ كان يقصد عربة المأكولات اثناء استراحته من فترة عمله كصحفي في الجريدة المحلية بالإضافة انه ناشط سياسي كوالده الذي اعدمه الانكليز في معركة الفلوجة انذاك .

وها هو يأكل بشراهة ناسيا تعبه وضغط العمل .. فكر زاهر بيك مليا ان يباغت ـ صفوت القاضي ـ بطريقة وكأنها صدفة ويسلم على صديق عمره وفي نفس الوقت فصفوت كريم كعادته وسيعزم زاهر بيك على الغداء ـ وهذا الشيء مؤكد ـ. لعله يأكل لقمة يسد بها جوع يومه .. ولكن عليه ان يكون استاذا في ظهوره امام صفوت بطريقة تدل على الصدفه .. وبذلك ضرب عصفورين بحجر واحد . وما ان باغت صفوت حتى تصافحا بحرارة وبدأت بينهما عبارات الشتم ـ مزحة اعتادوها من ايام زمان ـ ثم لم يتردد صفوت في طلب طبق لحم مع رز لزاهر بيك .

تظاهر زاهر بعزة النفس ولكنه سرعان ما قبل الدعوة متحججا

بأنه من اجل صديق عمره الذي لم يره من امد طويل وسيرد الدعوة لصفوت آجلا ام عاجلا .

اجتمعا على طبقين على عربة المأكولات ثم تبادلا اطراف الحديث الذي شمل سياسية ـ اقتصادية وأخيرا اجتماعية .. وكان الاثنان بارعين في تلكم المواضيع المهمة بلا ريب .. سأله صفوت القاضي عن عمل زاهر بيك فأجاب الاخير :

ـ لدي شركة استيراد وتصدير ولكن لسوء الحظ والاوضاع وثورة ١٩٦٨ الأخيرة اثرت على الشركة .

ـ ما اسمها؟ ـ كانت مفاجأة لزاهر بيك ولكنه سرعان ما أجاب :

ـ السحاب . . ـ ثم اكمل ـ شركة السحاب . السحاب؟

تساءل صفوت القاضي ـ ثم اكمل ـ لم اسمع بها لأنني غالبا ما التقي بأصحاب الشركات واعرف اسماء اكثر الشركات ليس في بغداد وحسب بل كل انحاء العراق . امتعض زاهر بيك كثيرا من فضول صديقه ، ثم جعل يصطنع بان رائحة الاكل الطيبة اثر على نفسه فرفع الطبق الى انفه فحمل الهواء على انفه ـ رائحة الطبخ ـ ثم قال :

ـ طبخ هذا الرجل طيب جدا .

وبعد حديث استغرق اكثر من ساعة اتفق الاثنان ان يلتقيا في نهاية الاسبوع ـ ولم يكن زاهر بيك يود ان يجلس مع صاحبه كثيرا الا انه اكل ما اكل واشبع بطنه .

تحول عن صاحبه وسار الى حال سبيله ثم عثرت عيناه المتجولتان على حسناء مقبلة ، ترفل في ثوب رقيق شفاف ، تكاد حلمة ثديها أن تثقب اعلى فستانها الحريري ، وجذب صدرها الناهد عينيه فزادتا اتساعا ودهشة .. وهاله المنظر .. وكانت تقترب خطوة فخطوة حتى بانت على قيد ذراع .

فهو الآن شبعان وعقله المجنون يفكر بسرعة خيالية في اقتناص الحسناوات لإشباع غريزته .. فخطر له ان يغمز هذه الحلمة الشاردة .

ثم قفز وقال في نفسه :

ـ اليوم قد شبعت فلنحاول مع هذه الجميلة وغدا ـ عمّاه ـ وراتبه الشهري .

اعدام ميت

لم يكن في تلك الفترة ما بين الثمانينات والتسعينات التي مرت بها البصرة اي شيء جيد من الذاكرة العراقيه لتذكر للأجيال غير الحرب وانتصار العراق على ايران . . فالحروب توالت والشباب مازالوا يحترقون في ويلات الحروب فقط لكي يرضوا الحكام وأطماعهم . ففي الثمانينات عانت البصرة ما عانت من قصف ايراني على مدنها وقصباتها الحدودية . .

وبعد انتهاء الحرب الدامية توقع اهل البصرة بأن عهد الحروب قد ولى وبلا رجعة .

ولكن ما ان أقبلت فترة التسعينات حتى خاب ظنهم وعادوا الى نقطة ما تحت الصفر . . ليجربوا الفقر من جديد وقد ضاع نضالهم في الدفاع عن وطنهم سدى .

المكان : البصرة ـ الحيانية ـ حيث يقطنها شاب وسيم انيق الملبس ، ذو ملامح وديعة ونظرة اقرب الى الرقة . كان يعمل سائق شاحنة في مركز الحبوب ـ فرع البصرة ، وكالعادة في كل صباح يستقل سيارة الأجرة لكي يذهب الى عمله في الشركة .

وصل الى عمله ليستلم عهدة اطنان القمح ليوصلها الى السايلو ثم يعود لينجز اعمالا اخرى لصالح الشركة .

كان يوما شاقا بالنسبة له ، فالجو حار وشمس تموز لا ترحم لا البشر ولا الحجر . رجع الى بيته منهكا ، اخذ يداعب ابنه الصغير ثم دخل الى حجرته ليأخذ قسطا من الراحة . . بعد حمام حار ردت اليه عافيته .

عند الغروب خرج ليجالس أصدقاءه في القهوة ويلعبوا النرد فتتعالى اصوات الضحك والمزاح . . يجتمعون وفي قلوبهم تكمن المحبة لبعضهم . كل يوم يتوجه حسين الى الدوام وهو با يدي الاناقة . . والوجاهة ، بالاضافة الى خفة ظله ويحبه الجميع .

تحسين زوبع ، احد السواق في الشركة ولكنه عكس حسين ـ فظ القلب واللسان ـ ولكن لا يظهر حقده للعيان ، يتصنع الطيبة ، وفي الحقيقة هو خليط من القبح والنميمة . . يندفع الى حب الشر كأنما يستطيب النار الموقدة .

١٩

كان تحسين يكره الى حد بعيد حسين ، فهو منذ وقت طويل يخطط بإيقاع الاخير في مصائب لا خروج منها . . فقد حاول قبل اشهر ان يورط حسين مع الحزب وذلك بكتابة تقرير ملفق واضح يقول فيه :

بأن حسين له اقارب معارضون للنظام العراقي وانه يلتقي بهم في الاردن ويتبادل معهم معلومات استخباراتية .

ولكن حسين نجا من الموضوع بأعجوبة . اومأ تحسين بعينه للموظفة بأن تتبعه الى مكان بعيد عن دوشة الموظفين . .

ـ الليلة سأكون معك (قالها بثقة وكأن القبول لاريب منه) .

ـ لا فزوجي قد جاء من دبي ولا استطيع ان اقابلك في بيتي .

القى تحسين نظرة الى مفرق نهديها فقد هاله الجواب بالنفي ثم قال :

ـلدينا متسع من الوقت اذن لا تقلقي فالشقة ما زالت موجودة .

نظرة يمنة ويسرة ليتأكد من خلو المكان من الموظفين ثم ضربها على مخلفا بيده خلّفه ضحكة ماكرة . . رجعت هي الى غرفتها وجلست الى مكتبها وهي تحاول ان تظهر بصورة عادية بين زميلاتها وأخذت ترسم الابتسامة على وجهها لكي لا تثار الشكوك .

٢٠

اما تحسين فقد ساءه ما ناله من رفض بخصوص برنامج الليلة معها .. ثم تمتم مع نفسه :

ـ يجب ان نتخلص منه والا فالحال سيصعب علينا . ثم ترك المكان ليتوجه الى شاحنته في الكراج .. ادار المحرك ثم توجه الى عمله . في وقت الغروب جلس حسين مع اصدقائه على القهوة يتسلون في لعب النرد .. وكالعادة الغالب يحتفل ويسجل المشاريب على الخاسر .. اما الخسران فيتحجج ويبرر سبب هزيمته ويلقي اللوم على الحظ .

البهجة مرسومة على وجوههم بعد عمل شاق طول النهار .. ويحاولون نسيان مشقة العمل .. وقد اجتمعوا في لهو الحديث ومتعة اللعب .

اثناء ما يدور في القهوة من تسلية بين الشباب .. دارت احداث تنم عن الشر بعكس ما يدور قي القهوة الشعبية .. كان ثمة حوار يدور بين تحسين وثلاثة آخرين .. حوار من نوع ثان وكان تحسين يجيب على تساؤلات اصحابه .. هناك امور استغلقت عليهم ويتوجب ايضاحها ... وكأنهم يدبرون امرا في غاية السرية .. جلسوا في غرفة صغيرة قديمة حول طاولة مستديرة .. ملأتها قناني البيرة وزجاجة ويسكي كبيرة .

ـ حسنا رفاق خطة سرقة القمح الان اصبحت جاهزة .. الموظف سيساعدنا في تهريب الاطنان منها .. وكل شيء متفق عليه ورسمي .. (قالها تحسين وهو يخرج سيجارة من العلبة وهم في اشعالها ثم اخذ نفسا عميقا وكأنه لم يدخن من فترة طويلة) .

ـ اذن كل شيء على ما يرام؟ تحسين لا نريد مشاكل ، فالأمر مهم وخطير جدا والتجار ينتظرون على احر من الجمر ـ قال الاول .. ـ

نظر الشخصان الآخران الى تحسين ثم قال احدهما :

اذن غدا موعد التنفيذ؟ نعم غدا والموظف سأقابله صباحا لأدفع له بقية الاتعاب .

شرب تحسين كأسه ثم نهض ليخرج قائلاً :

ـ عندي موعد مهم الان علي الذهاب اراكم غدا .

ثم ترك المكان وخرج بسرعة .

توقفت سيارة تحسين امام بيت قديم في احد ازقة البصرة ثم نزل وطرق الباب بهدوء لكي لا يجلب الانتباه .. فُتح الباب وظهرت غادة جميلة في لباس نوم اسود الشفاف ، اشرقت في الظلماء كالشمس .. ناشرة في جو الدار عطرا يفعل في الاعصاب

٢٢

فعل الموسيقى العذبة .

دخل تحسين البيت بسرعة وأغلق الباب وهمّ بها على الفور وكأنه اسد ينقض على فريسته فقالت له بصوت له في الاذن وقع العطر في الانف :

ـ تمهل ارجوك لقد جعلتُ زوجي يغيب عن البيت لأجلك .

انعم تحسين النظر الى نهدي السيدة الجميلة بعينين اطفأت الخمر نورهما ، ثم قالت الحسناء وقد راقت لها الخيانة :

ـ منذ ان كان زوجي في دبي كنتَ تتسلى براحتك معي ولكن الان ارجو ان تفهم انني لا أستطيع ان اكون لك اينما تشاء . . فأنا لدي اطفال وربما سينشون الامر لوالدهم . . فلذعة الشك ستساوره يوما يا تحسين .

(ثم ابتعدت عنه وقالت بحنقه) :

ـ هذه الليلة افعل ما تشاء ومن الغد سيكون لنا برنامج آخر .

لم يبال تحسين بكلام السنيورة فرفعها عن الارض والقى بها على كتفه واقتادها الى غرفة النوم .

في اليوم التالي تمت عملية السرقة وقبض كل فرد حصته من النقود وتعالت الضحكات مشيرة الى النصر . . لقد حققوا ربحا لم يكونوا ليحلموا به . . بعد ايام حضرت سيارتان تدل هيئتهما

على أنهما تابعتان لأحدى الاجهزة الامنية . . فقد خطتا بسرعة بوابة الشركة الاولى وقفتا ثواني للتعريف عن سبب مجيئهما عند البوابة الكبيرة الثانية . . فدخلتا تاركتين عاصفة رملية من اثر فرملة العجلات . . فالحالة تدل انهم في مهمة وليست زيارة وديّة .

نزل افراد الامن وبملابس مدنيه انيقة يحملون الاسلحة ثم توجهوا الى كافيه الشركة . . وكانوا يعلمون اين سيجدون ضالتهم .

اسرعوا الى تحسين زوبع . . والقوا القبض عليه بسرعة وتم اقتياده مكبلا ورموا به في داخل صندوق السيارة الخلفي تحت دهشة الجميع . . ثم انطلقت سيارتيا افراد الامن وغابت عن الانظار .

انتهى المطاف بالشمس الى الافق الغربي ، وقد شملها الهدوء . . وبعض الوجوم ومضى شعاعها الشاحب يوغل شرقا مودعا نهار اليوم ، فالشعب لم تتغير معيشته والكل يجاهد في كسب لقمة العيش . . ولكن بلا جدوى ، فالفقير يزداد فقرا والغني يغتني ولا يبالي بالغير .

طرق باب منزل حسين بقوة وكان كافيا لإخافة كل من

كان في البيت . . هدأ حسين روعهم ثم توجه مسرعا ليرى من الطارق . . وما ان فُتح الباب حتى تعرفوا على حسين ثم اقتادوه بسرعة البرق الى صندوق السيارة .

بعد ان كبلوه ووضعوا على رأسه كيس قماش اسود . بالرغم من نجوى اهله وتوسلاتهم بإخلاء سبيله إلا انهم لم يكترثوا تاركين ورائهم اصوات بكاء وعويل .

مكتب التحقيق الأمني

ـ ارجو ألا يسوءك اقلاقي لراحتك . . (قال المحقق لحسين ساخرا منه) . .

كان حسين في تلك اللحظة معصوب العينين مكبل اليدين الى الخلف . . جالسا على الارض في غرفة المحقق ، حيث يجلس الاخير على مكتبه المتواضع ، ينير الغرفة ضوء خافت ، اما باقي الغرفة فحالكة الظلمة .

رن التلفون وكان المتصل مدير الامن ، فاستعدل المحقق من فوره وبدأ يجيب بكل احترام وخوفاً من رئيسه :

ـ نعم نعم . . انه جالس امامي سيدي المدير .

ـ اريد ان تنتهي من القضية اليوم وتحويل الملف الى

المحكمة . . فالسيد مدير الامن العام بانتظار النتيجة .

ـ لا تقلق سيدي . . سيسر خاطرك بالأخبار . . فنحن على وشك الانتهاء من القضية . .

ثم اعاد السماعة الى مكانها بعد انتهاء الحديث . . ثم توجهه بالكلام الى حسين :

ـ تلوث نفسك افقدك صدق الابرياء . . لديك حسن السيرة وسلوك جيدان . وتعاونك لسرقة اطنان الحبوب من الشركة شيء لا يُصدق بسهولة وعجيب في نفس الوقت؟ فاعترف لكي نخفف عنك الحُكم بدلا من نزع الاعتراف منك بقوة .

ـ والله ياسيدي لم اعلم سبب اقتيادي الى هنا حتى قبل ساعة من الان . . عندما جلست متهما في مكتبك . . انا لا أسرق وانا متأكد ان شخصا ما لديه عداوة شخصية معي لكي يورطني في القضية .

ـ بمن تشك؟

سأله بنبرة صوت خشنة .

ـ والله لا أعرف سيدي لا أريد ان اظلم احدا .

ـ كلب اما زلت تنكر الموضوع . . حسنا .

مسك بقبضته آلة حادّة كأسلوب تهديد

ـ سأنهي القضية الليلة .

(ضرب المكتب وقد جحظت عيناه وأحمر وجهه وسال دمه بسرعة في عروقه . . وكان ذلك كافيا لإرهاب حسين الذي قال بخوف شديد :

ـ انا رجل ينوء بعبء ثقيل سواء في بيتي أو عملي ، حتى ولو كانت حالتي المادية غير جيدة فلن اجرؤ على سرقة اموال ليس لي بها ادنى حق .

ضرب المحقق الجرس الخارجي للحرس ودخل عليهما رجل من العنصر الامني ثم تبعه آخر . . وكان شكلاهما يخيفان الخوف ، ثم امر مدير التحقيق بأخذ حسين وتعذيبه . . اقتادا حسين بكل قسوة . . وكأنه حيوان ثم ما لبث صوته يعلو من جراء ازيز الصدمات الكهربائية . . وضرب الفلقة تارة . . او حتى وصلت الامور الى قلع الاظفار بدون رحمة . . واستغرقت العملية حتى الفجر وحسين يئن من الاوجاع التي احتلت جسده الشاب . . فسقط مغشيا عليه . .

لملم المحقق أردان قميصه واتصل بالمدير قائلا :

ـ سيدي الاعتراف جاهز .

٢٧

ـ حسنا غدا سوقوهم الى المحكمة القاضي بانتظاركم هناك .

ـ معلوم سيدي هل من أوامر أخرى؟

ـ لا .

ثم اغلق المدير السماعة .

في الشركة بعد أشهر: أسبغت الزينات على وجوه الموظفات . . امّا الرجال فكانوا متأنقين وكأن الحال يدل على احتفال سيتم بعد ساعات . . أما صاحبة تحسين فقد كانت مكدرة الوجه بعض الشيء . . لا شهية لها بالاحتفال تفتقد عشيقها . . الاحتفال الذي وعدهم المدير بإقامته قبل ايام بتوجيه من قيادة الحزب . . فالعمل بدأ يقترب من دقائقه الأخيرة وعليهم أن يجهزوا لاستقبال الوفد الحزبي والأمني اللذان سيشرفا الشركة .

قالت احدى زميلاتها باسمة :

ـ اليوم جاء المدير فرحا وقال بأن من سيحضر في الاحتفال مسؤول حزبي رفيع المستوى ومدير أمن المحافظة بنفسه . . ترى اي نوع من الاحتفال هذا؟ انه ليس شهر نيسان للاحتفال بعيد ميلاد السيد الرئيس .

قالت متسائلة وهي تزين وجهها بالأصباغ فرحة .

٢٨

لم يرُق للعاشقة الحزينة ذكر اسم مدير الامن فجفلت خائفة بمجرد ذكر اسمه . . مما جلب انتباه زميلتها :

ـ ما بالك؟ أأنت بخير؟

ـ نعم فقط اشعر بالأزق فزوجي متعب جدا وعلي ان آخذ اجازة ليومين لارتاح .

ـ لا أجازات اليوم . . فقد اتصلوا بالمجازين وان كانوا مرضى للحضور . . احتفال هام اليوم .

ثم ساورها القلق وقالت :

ـ ولكن ما ربط الاجازات بالاحتفال؟

وباشرت بأخذ زينتها .

بعد لحظات جاء نداء الى الموظفين بالاحتشاد في ساحة الشركة والمدير كان اول الحاضرين . . وقف تحت سقف المنبر لكي يحتمي من اشعة الشمس مع عدد من مساعديه . لم تكن هناك اي اعلام خضراء او ثريات او ورود ورياحين ولا حتى قوس استقبال من سعف النخيل وما شابه سوى المنبر الواسع ، مما اثار تساؤلات الموظفين .

اسكت الضجيج والتساؤلات التي ثارت فجأة بين الموظفين ثم سكت الجموع عندما سمعوا نداء المدير الذي اعتلى المنصة

الخشبية الحمراء . . وأمسك بالمايكروفون :

ـ الرجاء الانتباه مدير الامن والسيد الرفيق سيدخلان بعد لحظات .

ولم يُكمل كلمته حتى دخل موكب يتهادى حاملة السيارات المكشوفة رجال اشداء ذوي لباس الكوماندوز بنظارات سوداء . . وأسلحة محمولة على سواعدهم ، لا ترى في وجوههم لمحة ابتسامة ولو مصطنعة .

ثم تلا الموكب شاحنتان تحملان ستة اعمدة شنق . . . مما اثار الذعر المفاجئ لدى جميع الحاضرين وأولهم مدير الشركة . . وغطى الصمت الجميع . . ثم ترجلا المديران كل من سيارته الخاصة الفخمة . .

وما هي إلا ثوان حتى تناثرت بين الجموع خبر مفاده : بأن هناك عملية اعدام لموظفين ولكن لم يحدد بعد الاسماء .

خاف الجميع وارتجفت السيقان والأبدان . . وبال من بال من الرجال والنساء على بناطيلهم من الرعب المكنون داخل انفسهم . . اما احد الموظفين فلم تحملاه قدماه فأغمي عليه . . ارقدوه على الارض في مكان بعيد عن الحاضرين لا تصله اشعة الشمس المحرقة .

وباتت اعصاب القوم ثائرة وقلوبهم خائفة وحائرة . . ثم لاذوا بالصمت بعد ان ارتقى مدير الامن المنبر وبجانبه المسؤول الحزبي ثم خطب بصوت كأنه اسد يزأر في الغابة :

ـ اليوم سوف تشاهدون نتيجة الخيانة التي قام بها زملائكم اللذين سرقوا أطنان حبوب القمح وباعوها في السوق السوداء . . انهم ستة سوف يكونون عبرة لغيرهم . .

ثم اشار بيده الى عناصر الكوماندوز الامن ببدء عملية التنفيذ .

أنزلوا أعمدة الشنق الجاهزة على الفور من الشاحنتين ثم طلبوا من المتهمين الترجل من احدى السيارات . . ولكن منظر تحسين زوبع كافيا ان يصدم عشيقته بصدمة جعلتها بعد هذه الحادثة بأيام مقعدة . . حيث اصيبت بجلطة دماغية حادّة وشلل نصفي . . بعد ان شاهدت هول الواقعة وكيفية شنق تحسين امام عينيها .

تقدم المتهمون نحو اعمدة المشنقة مكبلي الايدي لا شيء يعصب اعينهم . . وقد خيم صمت الخوف على الجميع ، فالأبدان ترتجف ورجال الامن يحيطون بالشركة والموظفون يرقبون ردود الفعل الذي سينجم بعد قليل . . الكل وبلا استثناء

مجبر على مشاهدة الحدث غير البسيط والمفجع حتى مدير الشركة بات يرتعش .

وضعت الحبال على اعناقهم واعتلوا الطاولة الصغيره وبدون ان تتلى عليهم الشهادتان او اي تلقين ديني كما العادة في السجون . . تم سحب الطاولة بنفس الوقت من تحت اقدامهم ليعدموا معلقين وكان من ضمن الجُناة ـ حسين ـ . .

بعد تنفيذ الاعدام تقدم الدكتور الى الجثث ليفحصها ثم وصل الى جثة حسين فاستدار الدكتور برأسه ليكلم مدير الامن وقد فاجأه امر ما :

ـ ما زال حيّا .

رمقه المدير بنظرة باردة وحادة فالخبر لم يسره بتاتا . . ثم رفع حاجبيه مشيرا الى رجاله قائلا بكبرياء عظيم :

ـ اقضوا عليه يا أولادي .

ما هي الا ثوان بعد ان تدافعوا على الجثة المستلقية . . وبعدما دفعوا الدكتور بلا احترام على الارض . . انهالوا على جثة حسين احدهم كان يسحب رأسه بقوة كأنه يحاول جاهدا فصله عن جسمه . . وآخرون يضربونه ويخنقونه . . الى أن انفجرت شريانه ونزف دمه وتسللت الحياة من جسمه نقطة فنقطة حتى تركوه

جثة هامدة . . فنام نوما عميقا لا يوقظه احد بعد ولا افاقه .

هذه القصة اشتهرت في البصرة في صيف ١٩٩٥ ، اما مأساة حسين فهو بريء مما اسند اليه من تهمة سرقة اموال الدولة . . والأجهزة الامنية كانت على علم بهذا ولآن تحسين زوبع على عداوة شخصية معه فقد ادرج اسم حسين مع قائمة الشركاء في قضية السرقة . . . مما اجبروا حسين على الاعتراف تحت قوة التعذيب على ذنب لم يرتكبه .

تحسين لا يحب الخير لحسين وهذا كان كل ما في الامر . . فحسين كان مثالا للأخلاق الحسنه . . والشاب الغيور . . إلا ان لا حيلة للفقراء في هذا الزمان المغبر .

سيدة من ورق

ولعل اكثر ما يثير فينا من الغرائز تلك الحسناوات الفاتنات بشتى الوانهن .. مما يشعل فيها الاباحية .. والجنون . فالعواطف والغرائز تزهر في القلب وتنبت الامال والأماني وتنصهر في العقل وتخلق الاخيلة والأحلام .. وتكتسي بحلى نادرة من صنع الاوهام .. ويكون ثدى الانثى لاغلب الرجال الزاد في النهار والليل وفي اليقظة والنوم .

أشواق : الحسناء الشقراء كانت بضة ممتلئة بادية ألأنوثة .. وتبدو في عينيها العسليتين نظرة براءة وسذاجة ، ذات قامة هيفاء مرتوية .. الساقين وفاتنة القسمات .. متوثبة النهدين وامتلاء صدرها الذي يكشف عن ذراعيها ونصفي ساقيها واعلى الصدر يوقع الناظر بالارتباك والاستحياء .. حتى قبل ان يلمسها .

٣٤

كانت تدعي الغنى والعفة ولكن في حقيقة الامر كانت فراشا للجزار وسائق التاكسي والدكتور ولم تبخل في تصدير جسدها لكل الطبقات سواء كان الغني أو الفقير المهم هو المال .

محمود كان احد ضباط الجيش انذاك . . كان صنفه البحرية في احدى مناطق البصرة آنذاك . . وهو من سكنة بغداد . . راقبها عدة مرات وغرق في شهوة انوثتها الى حد الغثيان .

الامر الذي أخرجه عن الاحتشام التقليدي في عشق النساء . . وأصر في احد الايام ان يكلمها ومهما كلفه الامر . . بل حتى لن يمانع بالزواج منها .

حاول ان يكلمها فوجد ان الفرصة المناسبة هو اليوم التالي .

أخذت زينتها وسارت على غير هدى ، كيفما ساقتها قدماها ، وغيرها من البشر لا يسير على غير هدى عادة إلا اذا كان ركن الى اللهو والعبث وأستقبل الراحة والفراغ .

هي بخلاف هؤلاء وأولئك ، اذا توثبت على فريسة فهي اليوم على موعد غرامي مع دكتور الامراض النسائية . . والذي ساقته الى موعد لكي تكسب لقمة عيشها كما تفعل كل يوم .

وهي تمشي في شارع الاستقلال قطع عليها صفوتها صوت النقيب محمود وهو يرتدي زيه العسكري يقول لها :

٣٥

ـ ما أروع ان ارى زهرة تمشي . . نادر جدا هذا الحدث .

فابتسمت ابتسامة حلوة وطلبت منه أن يفسح الطريق لها لتكمل المسير ، فعلم انها ترغب بالحديث معه ، فلم ير بُدّا من المواصلة وأن ويرافقها الطريق .

فوجدها تنظر اليه بإمعان فأعتقد انها اغرمت به فوجه حديثه الى الغزل ليخرج قولا عذبا . . ثم وقع نظره على قميصها وقد انفرج عن اعلى الصدر فزاغ بصره وارتد في اضطراب وذعر . ولم يدم صمت اشواق طويلا حتى سألته :

ـ من أنت وماهي قضيتك؟

ـ انا النقيب محمود ضابط البحرية في ميناء البصرة . . قد أسرني حُسنُك . . وجننت فيك فعلا .

شيعته بنظرة غريبة وقالت مستفهمة :

ـ أتعرفني؟

ـ لا وأنا كلي شرف ان اتعرف عليك .

فهزت رأسها سلبا متصنعة الجفاء :

ـ أنت تحلم . . أنا بنت ناس وأبي سيقتلني لو شاهدنا معا .

ثم بدا مشغولا دائم التفكير حتى قاطعت اشواق سلسلة

أفكاره :

ـ ما بالك؟ أخفت .

ـ كلا ولكن اريد ان اراك غدا . . لأنني ارى الان انشغالك
بأمر ما .

ـ حسنا غدا وقت الظهيرة نلتقي عند شط العرب ونجلس معا
ولا ضير من ارتشاف شيء بارد معا . . والتعرف على شخصية
جميلة مثلك .

لم تكد ساقاه تحملاه فتوسعت عيناه من الفرحة وابتسم . .
فهذه أول مرة يظفر بامرأة جميلة خليعة مبتذلة في ثوبها وقال :

ـ سأكون هناك آنسه . . . . .؟

انتظر لتقول له اسمها «أشواق» .

ـ يارب انا سعيد غدا سيكون لنا جولة على ضفاف شط
العرب إذن .

ثم افترقا على امل اللقاء غدا .

جلست اشواق مساء تحادث والدها ، ضعيف البنية احدى
ساقيه مبتورة . . يتكى على عكازتين . . مهلهل الجلبية يحمل
على وجهه سمة النصابين والمنافقين . . وكذلك زوجته لا تقل

٣٧

في وصف طبيعتها شيئا عن زوجها في النفاق . . وكانت تجالس ابنتها وزوجها مجتمعين في غرفة قديمة تملأها الرطوبة والتي هتكت بجدران الدار العتيق بكل وضوح .

ـ سوف اسلب ماله . . انه غني وسيساعدني في اخراج قيس زوجي من السجن . . وأنتهي من تهديداته المُرّة .

فاجأ كلام اشواق والديها وكان شيئا مزعجا لهما . . فكيف تتعرف على ضابط له مكانته . . يعيش في بحبوحة من الغنى والجاه . . سيدا في الوظيفة ، تتيه على جميع الوظائف . . وتفكر هي في اخراج قيس . . ثم تصرف عليه تلك الدنانير . . من غير المعقول ان تستسلم أشواق لحياة الشرف ولعلها الآن باتت تغرد في قلبها اطيار الحب وتحلق في وجودها الجميل أحلامهُ العذبة .

ـ أما زلت تفكرين بزوجك؟

سألها ابوها بغضب .

ـ نعم انه يهددني كل يوم وعليّ ان اخلصه من سجنه . . ولو استطعت تهريبه الان سأنجو منه وسيغادر البلد .

لم يرق حديث اشواق الى امها . . ثم رفعت الأخيرة عكازة والدها مهددة :

ـ اسمعي نحن لن نستطيع ان نتركك تفعلين ما يحلو لك . .
يكفي أننا نتضور جوعا كل مساء . . انسي قيس للأبد . . عليك
ان تبدأي حياة جديدة . . ولو استطعت اغواء هذا الضابط
فسيكون بإمكانك ان تبدئي حياة جديدة معه وسنكون نحن
بمأمن .

ثم تجهم وجه اشواق بصمت وقالت :

ـ سأخرجه من سجنه واجبر هذا الضابط الغبي على ان
يساعدني . . فإغراءات جسدي كفيلة بذلك . . أنا تعبت ولا
أكاد الوي على شيء بعد الآن .

أحست أشواق بثقل تبعتها وهيمن على صدرها هم عظيم
وتساءلت :

ـ أريد يوما أن اعيش حياة شريفة لا يمسني إلا من يستحقني .
وما لبثت ان اكملت جملتها حتى انفجر الأب المستهتر من
الضحك هزوا بابنته :

ـ شريفة؟ يا أستاذة شريفة ومن يستحق ان يتزوج عاهرة غير
القواد .

وانصرف بالضحك غير مبال بنظرة الام والبنت الغاضبة . .
فقامت اشواق وركلت ساق ابيها . . ودخلت غرفتها مسرعة .

في ظهيرة اليوم التالي كانت اشواق تساير الضابط . . واما تقاسيم وجهها فلا تدل على أنها استسلمت الى القنوط بعد . . ثم عرجا الى القهوة خانة ليجلسا بهدوء ويرتشفا شيئا معا .

ـ ما الذي دفعك لتتعرف علي؟

ـ أشواق انا بطل في العشق وشخصية لا يشق لها غبار ، وان عيني لتنفذان من بين العيون جميعا لتجذب قلبك الي .

ـ ما هذا الذي يقوله ذلك الأحمق؟

تساءلت اشواق في نفسها ثم قالت بابتسامة ماكرة :

ـ أكاد احس بسخونة أعصابك ولذعة قلبك . اشتد احمرار وجه محمود وبدأ الدم يجري في عروقه ، بلع ريقه ثم ارتشف كأس ماء بارد كانت أمامه . . ثم جمع أنفاسه لينطق بكلمته :

ـ أكاد اموت من عشق جمالك ، هل أستطيع ان المسك؟

تنحت أشواق عنه متصنعة الشرف ثم قالت :

ـ رويدك الحلال ، ليس هناك احسن منه .

ـ طبعا ، طبعا . . الحلال ، أشواق . . مهم جدا في هذه الامور .

ـ قال مستدركا وهو يمسح عرق وجهه مضطربا :

ـ يعلم محمود أنه أمسى يكون من المسترحمين السائلين

وهو يندفع برغبة جنونية نحو جحيم العذاب كأنما يستطيب النار الموقدة ، فهو في هذه العلاقة الفريدة إما الى نعيم الطمأنينة . . وإما الى اهوال العذاب .

جلسا لساعات ثم ضربت له موعدا همسا وافترقا . مضت الان على العلاقة ثلاثة شهور وهو ما زال يتضرع اليها بأن ينال منها ما ينال . . وهي ترفض بمكر ودهاء ، كأن احدا لم يلمسها وإنها ـ مريم العذراء ـ التي يندر وجودها في هذا الزمان .

ولكنها تكاد تأخذ مبتغاها منه الى مرفأ لا يريم عنه ، وتعرف انه وقت الكلام المغري سيغدو مكدود الذهن مشوش العقل ويكون اسير الهوى ، وما قد تطلبه منه سيكون شاقا غير مأمون العثار .

وفي احدى الخلوات ، في الحديقة . . وبالتحديد في مكان لا تصله عيون غير عين الرحمن . . حاول أن يمد يده ليتحسس نهديها وهذه المرة لم تمنعه ولم تأخذه الشكوك بدوره على عدم ممانعتها ، ظنا منه انها وقعت في غرامه وبدأ يبعثر كلمات العشق بلا هوادة ، على ما تجنيه يداه من لمس بجرأة وكل هذا وأشواق تهمس له :

ـ اتعجبك طراوة صدري؟

ـ أنا من أنا ، أين أنا . .

قالها وهو مضطرب الأعصاب وكأنه في حلم أفاق منه .

بدأ يهذي ثم سحبت أشواق نفسها بعد ان أوقعته في شر
هواه .

ـ يكفي ، حرام .

قالت وهي تلملم نفسها وتغلق أزار قميصها .

ـ أشواق مستعد أن أنفذ ما تشائين . . وسأتزوجك وهذا أكيد .

ـ لا أعتقد

قالت بمكر .

ـ اسألي ما تشائين وستجدينني مطيعا لك .

ساد صمت طويل ، ثم استقرت عينا أشواق بعينيه ، وللأعين
لغة معجمها الغرائز . . والأحاسيس . ثم قطعت جو المغازلة
الصامتة :

ـ لي اخ يدعى قيس ، وقد حبسوه جوراً وافتراءً . . لو تريد
بالفعل أن تساعدني فإن مأمور السجن يطلب ما لا نستطيع
ايفاءه .

ـ مبلغ كبير؟

تساءل الضابط .

ـ نعم .

ثم أخبرته بقيمة المبلغ .

رأت أشواق حرارة الاضطراب تلفح وجهه وتساءلت :

ـ ما بالك؟

ـ لا انكر بأنه قد راعني جمالك ولكن المبلغ كبير وما تطلبينه سيضر بمستقبلي كثيراً . . مساعدة مجرم على الهروب .

احست اشواق بالغباء لإفشائها بمثل هذا السر لضابط ثم حاولت ان تصلح الموقف :

ـ أذن كنت احسبك ستساعدني . نعم وأود ذلك ولكن ليست بهذه الطريقة .

نهضت أشواق وقالت بحده :

ـ لو قبلت وأحسست بنفسك رجلا ، قابلني . . وأنت تعرف رقم الهاتف الذي ستكلمني عليه .

فوجم صامتا وغلبه التأثر الشديد ، وراق وجهها الجميل محتقنا كقطعة من الجمر . . ولمح دمعة حبيسة في عينيها ، ثم استدركها قائلا :

٤٣

ـ سأفعل . . بشرط ، أن تاخذي المال وتنجزي الامر بنفسك .

لم يتحرك لسان أشواق في فمها غير انها اكتفت بابتسامة تخفي وراءها المكر .

اتفق عدد من النساء مع عدد من رجال الشرطة في المساعدة لتهريب اشخاص معينين من السجن . . ومن خلال ادخال ادوات حفر صغيرة ، لتساعدهم في حفر منفذ في الحائط المؤدية وجهته الى السوق الشعبي مباشرة .

هرب قيس وعدد آخر من المساجين . . امّا الباقون فقد تم منعهم من الهروب وتم التكتم على الأمر وتحوير القضية تماما عن مجراها الحقيقي .

القي القبض على قيس وأغلب من هربوا بعد اشهر من الملاحقة . . أما قيس فقد القوا القبض عليه بعد ان قام بخنق اشواق بسبب عدم رضاه عن المال الذي قدمته اشواق له لمغادرة البلد .

أمّا السيد الضابط فما زال يلاحق نساء شارع الاستقلال تحت اشعة الشمس اللاهبة صيفا ، اما في برد البصرة القارس فهو وكما هو لا يثني المناخ عزيمته .

في معتقل أبو غريب

كاظم شاب عراقي لم تكن له احلام كبيرة في هذه الحياة سوى ان يُرضي ربّه وعائلته المتكونة من زوجة جميلة تصغره عشرة أعوام ، أمّا عن عمره فهو في ألأربعين .. وطفلته ذات السنة والنصف كاظم كان دمث الاخلاق ، لين الجانب ، رقيق الحاشية ، ولا يدفعه الغضب الى الانفعال الشديد والعدوان ولكنه يشل حركته ، ويعطف اندفاع أعصابه الى صميم نفسه .

فبعد يوم عمل طويل يعود الى بيته متعباً ثم ينظر الى طفلته المدمجة القسمات ، ويديم النظر اليها وينسى ما صادفه من متاعب اثناء عمله الذي لا يرحم اي انسان ، أخذوه ألأمريكان وحبسوه في سجن أبو غريب بعد سقوط بغداد ـ ٢٠٠٣ ـ المشؤوم .

٤٥

وحاولوا ان يردوه شخصا بلا كرامة ـ كما حاولوا مع غيره ـ يجبرونهم في المعتقل على الصلاة عراة ، ثم رشهم بالماء البارد في ايام فصل الشتاء البارد .. وإطلاق الكلاب المفترسة عليهم .. واعتلاء السجناء بعضهم على بعض وهم عراة بل وحتى اغتصاب الرجال .. وخلط النساء عاريات مع الرجال وإجبار كلا الجنسين على فعل الرذيلة .. وطرق كثيرة كانت كافية في أن تجري بقلبه ودمه بريق القسوة جريان البرق في السحاب الداكن .

بقي اكثر من سنة يتحمل ويلات التعذيب الامريكي رغم أن بغداد عانت من الترهيب والقتل مابين ٢٠٠٥ ـ ٢٠٠٨ ما لم تعانه حتى فلسطين من قبل المحتل .

وما زالت أساليب بشعة تبدع في التفنن في الترهيب والقتل وتقطيع أجزاء البشر وهم احياء وتشويه صورة الانسان الذي خلقه الله في أروع تقويم .

ولم يكتف الامريكان بالتنكيل بالسجناء .. حيث حاول الامريكان تجنيدهم على ابناء الشعب وإجبارهم على الوشاية على اي شخص يعمل على مقاومة المحتل .. عرض الأمر على كاظم فرفضه .. حذروه من نتيجة الرفض فلم يأبه لترويعهم .. ورغم ذلك أطلقوا سراحه علما أنه كان مُراقب الخطوات ، نكص

كاظم على عقبيه غاضباً وهو يقول في نفسه :

ـ لعنة الرب عليكم يا أوباش .

بعد ستة شهور من اطلاق سراحه انتظر الأمريكان ان يهتدي كاظم ويعود الى رشده .. ولكن هباء .. فأوقفوا يوما سيارته وكانت والدته بجانبه فأجبروه على النزول ، دار حديث طويل بينه وبينهم وعندما أيقنوا ان لا جدوى من طول الحديث أطلق أحد الجنود احد كلابه باتجاه والدته المُسنة لينقض على وجهها ويفترسها .

حاول كاظم ان ينقذ والدته ولكن دون جدوى لأنهم كبلوه وأجبروه أن يشاهد الحدث القاسي . فجُن جنونه وجحظت عيناه فأغمي عليه من شدة الغضب .

بالرغم من مرور عدة شهور على هذه الحادثة .. لا يزال كاظم يعاني من مشكلة صراع نفسي وحالة انفعال كافية لأن يكون معرضا للصدمات العصبية في بعض الاحيان .

وحين طل الصباح عاودت اليقظة كاظم ليأخذ زوجته الى الطبيب ليعالجها فوضع ابنته الصغيرة في بيت اخيه لحين عودته .. وبعد ان غادروا بنصف ساعة .. وقفت سيارة همر امريكية لينزل منها عدد من الجنود المدججين بالاسلحة

الخفيفة . . طرقوا الباب بهدوء فخرج شقيق كاظم الأكبر ـ علي ـ فدخلوا الى فسحة الدار بعد ان فتح لهم علي الباب الخارجي . . كانت فسحة الدار تتزين بحديقة خضراء وزهور جميلة ثم سألوا بعض الأسئلة الروتينية وكانت اسئلتهم تبدو طبيعية ولا تدل سيماهم على الغضب او حتى لم يظهروا لصاحب الدار بأنهم في مهمة . . وهذا ما أضاف لأسارير علي وعائلته الأمان بعد أن زال من داخلهم الرعب .

فبدأوا يضحكون ويتسامرون مع بعض حتى خرجت ابنة كاظم من البيت تضحك وتهرول كقطة وديعة في رحاب الحديقة الخضراء . .

ـ من هذه؟

سأل الامريكي المترجم ليوجه سؤاله الى علي .

ـ انها ابنة اخي كاظم .

ابتسم الجنود فيما بينهم وكأن ضالتهم قد اتت اليهم بقدميها . . ثم سار اليها احدهم متصنعا الود والطيبة ورفعها الى جانبه مداعبا خديها . . كان الجميع يبتسمون من مداعبات الجندي للطفلة ، فوضعها على الحائط ثم تراجع خطوتين ولم يتأخر من توجيه الطلقة بلمح البصر الى الطفله حتى ان اهلها

٤٨

لم يستطيعوا منع عملية القتل . فأعدم الجندي الطفلة البالغة سنتين فتطايرت أشلاء جسمها الطاهر على الارض .

غادر الامريكان على الفور ذلك البيت تاركين ورائهم صياح وعويل عائلة لم تكن تنتظر ان تنتهي مصير افرادها بتلك الطريقة .

هذه قصة من بين مئات بل ولربما الآلاف حدثت وما زالت تحدث في العراق ولكن على ايدي ابناء الوطن .

الجندي المجنون

عباس جندي مجنون ساقوه الى الخدمه الالزامية للقتال في الجبهة ضد ايران السوء .

رغم ان اهله قد عملوا جاهدين لإعفائه من الخدمة ولكن سدى .. فالأطباء اجمعوا بأن عباس قادر على حمل السلاح لأنه يميز الأيام كالخميس من الجمعة ويعرف ايضا الالوان وبدون صعوبة .. وما هو بمجنون .. رفاقه في الجبهة الأمامية كانوا يثابرون على أكل قصعته وجعلوا منه سخرية في كل وقت لبساطته وعدم اكتمال عقله .. والله الشافي والحافظ .

ورغم جنونه فقد كانت له روح تستولي على نفسه وكان حسّاساً تجاه الحزن وسريع الغضب .. وفي أوقات حزنه لم تكن تخفي ظهورها في عينيه ولكن رغم ذلك واصل الجنود ممن معه إيذاءه .

كانوا ينامون في السرداب المظلم الذي ينيره ضوء الفانوس النفطي الصغير .. ويكادون يسمعون اصوات القنابل تنفجر ولكن رغم ذلك فعندما يعودون من نهاية القتال ، يأكلون قصعتهم اضافة الى قصعة عباس الذي كان يخفيها عنهم تحت سريره ولكن بدون جدوى ، ورغم ذلك عندما صحا من نومه ذات يوم جائعا ، توجه الى مكان القصعة ولم يجدها .. فبلغ درجة من الجنون عبر عنها بكلام غير مفهوم ومُبهم .. وبكى قليلا ثم نمت عنه حركات هستيرية وإيحاءات تدل على غضبه وحزنه في آن واحد . امّا الباقون فكانوا يضحكون ويستمرون في السخرية .

استحالت عينا عباس جمرتين يتطاير منهما الشرر وصاح بصوت كالرعد :

ـ أرجو من الرب أن ينسفكم بيوم واحد . زاد دعاؤه سخرية زملائه .. ثم تغطى كل واحد بلحافه وناموا .. دامت هذه الحالة عدة اشهر حتى جاء يوم من الايام وأحس عباس بالضيق لقضاء حاجته .. وعليه ان يذهب الى الخارج وبعيدا عن السرداب .. فحمل ابريق الماء وخرج وترك الجميع نياماً .. وقد ثابر هذه المرة بإخفاء القصعة عنهم وبالضبط تحت السرير يغطيها ببعض اوراق الصحف اليومية التي كانت تصل الجنود آنذاك .

٥١

جلس عباس يقضي حاجته . . ثم اخذه التفكير بعيدا . . فهو مسلوب الارادة ولا يتمتع بالذكاء الوقاد كباقي البشر . . فالكل يسخر منه . . انه سيرجع بعد قليل . . ولكن ماذا لو لم يجد قصعته؟ سيكون على صراع مع الجوع . . اذا تألبت عليه عوامل سوء الحظ؟

وفي الوقت الذي كان يُفكر في مصيره بين رفاقه ، فجأة هوت قذيفة من بعيد على السرداب ولحسن حظه كان بعيدا . . فانكمش بغتة يتقي شر خطر الموت الآتي في حين جعله هواء القذيفة يطير بعيدا وكانت كافية بإصابته بجروح ورضوض .

بعد لحظات من سقوط القذيفة . . أفاق عباس بعد أن جمع قواه ومسح الدماء عن وجهه المغبر . . ثم نهض وركض نحو السرداب وكأنه تذكر شيئا مهما جرى نحو السرداب المُدّمر . . وصل الى المكان الذي تدمر بفعل القذيفة . . حملق في الظلام الى السرداب . . ثم دخل الى مدخل السرداب فانتفض مذعوراً ثم صاح :

ـ قصعتي . وجد بعد دخوله السرداب المدمر خرابا ونارا تأكل المكان فلم يهتم بالمشهد . . فالجميع قد لقوا حتفهم . . فاستهدى فورا الى سريره المغطى بالتراب ثم أخرج من تحت السرير القصعة التي كانت سالمة لا يغطيها سوى اوراق الجريدة

والتراب . . وبدأ يعمل جاهدا بإزاحة التراب عنها ثم هرع بالقصعة الى الخارج بسبب السنة النار والدخان الذي كاد ان يختنق .

توقف عن السعال . . فتوجه بنظره الى السرداب وحملق فيه . . فأشتد قسوة على المنظر كأنه يستشف ما حصل . . ثم زمجر كأسد هصور كأنه يهم بفريسته ينظر الى قصعته بنظرة من السعادة ، فنهض وخاطب زملاءه الموتى :

ـ حذرتكم ولم تنصتوا ، أنا عباس فاحذروا دعوتي أيّها ألأغبياء .

العميل ٥٥٣

عبد الأمير عبد الزهرة معلة شاب في الثلاثينات من عمره ، أختار حياة العمالة والعمل كجاسوس عراقي ينتقل بين ايران والعراق بأمر من جهاز الامن العام العراقي لتنفيذ مهمات لصالح العراق . إلا ان الاصطلاحات لا تخلق اعتباطا ، فللرجل من اطلاق اسم مستعار له ـ ٥٥٣ ـ نصيب بالدخول الى عالم احتراف الجاسوسية نظير بضعة دنانير ، ولكنه كان يمتهن التهريب وإدخال بضائع لغرض بيعها في القرى العراقية .. وبهذا يكسب مالاً .

يتيه فخارا كلما رضي عنه مدير امن البصرة اللواء مهدي في فترة التسعينات .. وفوق ذلك فحياته لم تكن منحصرة في الحاضر ، فهو يتوق لنيل يوما ما مرتبة عالية من مكتب مدير

الامن العام ويحكم ويلهو كما يشاء ، كما فعل اقرانه عندما استلموا صلاحيات من الدولة لقمع المواطنين ، والمثال على ذلك : ابراهيم العواجي في قضاء ـ المدينة ـ في البصرة ، عندما خوله حسين كامل بكافة الصلاحيات بإعدام الخونة . . ولكن ابراهيم كان يستخدم نفوذه في قتل الرجال لكي ينفرد بزوجاتهم او كان يتخلص من خصومه بحجة انهم غير موالين لحكومة حزب البعث انذاك ثم وبعد مقتل حسين كامل فقد كل ابراهيم صلاحياته وهرب الى جهة مجهولة .

وكانت جرائم الاغتصاب والقتل تجري على قدم وساق في تلك الفترة بين هذه المناطق النائية من جنوب العراق من قبل من يعملون مع جهاز الأمن العراقي .

امّا رئيس الدولة العراقية فقد كان حريصا على الحد من تلك المظاهر ومعاقبة الجناة بشكل رادع وبدون رحمة .

كان عبد الامير يرمق بعين الطموح وان ينتقم من خصومه وتجريعهم الويل ، ومن بعض نشاطاته انه كان يركز يوما على شباب من طلاب العلم تجتذبهم المساجد أو القهوة في أماسي العطل والإجازات لسكان البصرة ، فيأوون الى ركن منها يتسامرون ويتناقشون ، كان الطلبة كبقية الناس من جمهور الشعب الفقير ، ولكن صفة التعليم سمت بهم الى مرتبة عالية فانتبذت الكبرياء

بهم ركنا منعزلا ، وأن كانوا يرتدون الجلابيب بل وينتعل بعضهم القباقيب أثناء فترة الخروج الى المجالس او السهر .

وهذا سر امتعاض عبد الامير من هؤلاء الطلاب فهو لم يحب يوما العلم ولا المتعلمين وهذه فرصته للنيل منهم .

وجاء يوم فأستطاع أن يفهم ما يقولون لأول مرة : انهم يتباحثون في السياسة وأمور اخرى ، وسُرّ به سرورا لا مزيد عليه ، فهو يبحث عن نشاط للمتطرفين ـ هكذا يسميهم ـ ثم سمع يوما احدهم يقول في المسجد :

ـ هذا البلد لو أقيم فيه ميزان العدالة كما ينبغي لامتلأت السجون وخلت القصور .

كان عبد الامير يتظاهر بالصلاة والتعبّد ، ونجح في ايهامهم بأنه مشغول ويتلذذ بالصلاة ، وكان عبد الأمير رغم اصواتهم الخافتة ، يستطيع سماعهم ثم ما لبث أن راقه ما يسمع الآن :

ـ أضرب لكم مثلاً بفلان . . ، أتدرون كيف جمع ثروته وماذا يفعل الآن؟

ثم جعل يعدد وسائل الأجرام التي ابتز بها أموال الناس كأنه كان سرّه أو مرجع رأيه .

ثم تابع الجميع في خوض حديث عن الشخصيات السياسية

واهم الاحداث ، ويكشف كل واحد تأريخا ويكشف مثالبها مفتتحا كلامه بهذه العبارة المثيرة :

ـ وأين الرئيس؟ هل تعلمون كيف هرب النفط واستورد ابنه الويسكي؟

وما زالوا في حملتهم حتى انتبهوا الى أن الوقت سرقهم ثم خرجوا من المسجد تاركين عبد الامير خلفهم يتظاهر بالعبادة وقراءة القرآن . وما زال يقرأ حتى خطف بصره الى باب المسجد ليتأكد بأن الجميع غادروا .

في مقابلة مع مسؤوله الأمني اخبره عبد الامير بأن جماعة من الطلاب يتداولون مناشير معادية ضد الدولة وأنهم ينتمون لحزب معادي ، كان المسئول الأمني ذو المستوى الرفيع جادا في سماع القصة ويدون كل شاردة وواردة بهذا الامر ، وبعد ٣ ساعات أكدّ المسؤول على مؤتمنه عبد الامير بأن يقتفي اثارهم ويستدل على عناوينهم . ثم اخرج عبد الامير بعض المناشير المعادية وقدّمها للمسؤول قائلا :

ـ هذا ما تركوه في المسجد خلسة ، الظاهر انهم يعملون بتوزيعها بسريه تامة . .

قرأ المسؤول الامني ما هو موجود في الورقة بكل اهتمام ثم

داعب ذقنه وقال :

ـ سأكتب مطالعة للسيد المدير وأرفق بها هذه المناشير وعليك بأسمائهم وعناوينهم .

ثم استعد عبد الامير للمغادرة متلفعا نصف وجهه بلفاف أحمر ـ الياشماغ ـ لمنع اي احد من التعرف عليه .. ثم رافقه احد منتسبي الامن الى باب المديرية .. وكانت الساعة الرابعة صباحا .

ومرت شهور وعبد الامير قد اكمل ملفا كاملا من المناشير ودوّن بتقارير دقيقة نشاطات وهمية للطلاب اللذين لم يدركوا حتى اللحظه الاخيرة من اختفائهم من على وجه الارض ماذا فعلوا لكي يُسجنوا .. أصدر مدير الأمن مذكرة القاء القبض عليهم وتم احضارهم الى المعتقل المشؤوم ، وذاقوا من اساليب التعذيب ما لا يّصدق .

ولكن أحدهم كان ضعيف البنية ولم يتحمل الضرب .. أغراه المحقق بالبراءة لو اعترف فصدّق الشاب ، فأعترف على زملاؤه بما لم يقترفوه وبذلك اطفئ مستقبله ومستقبل اصدقائه من خيرة طلاب جامعة البصرة .. كانوا يقصدون المسجد للصلاة والنقاش لا غير .. وبعد أشهر تقدّموا للمحاكمة ... وكان

حكمهم الاعدام وطووا بذلك سجّلا من قصص العراقيين
البائسة آنذاك .

المؤتمنة عبير

لكل زمان حكمته بالتأكيد ، لا تبقى الايام رهن أمرك فلو انقلب الحال عليك يوما لتمنى المرء لو لم يُخلق .

عبير التي كانت تتحكم بالرجال أيّام صباها وتمنوا أن ينالوا ظفر اصبعها ، ايام الستينات والسبعينات كانت وقتها من جميلات

منطقتها لا يصل في حُسنها أي من النساء . . بل قل نظيرها آنذاك . . والآن تقيم عبير في بيتها بجسم قد ترهل ، ووجه قد تقنّع بالأصباغ ، أمّا الحلي من الذهب والألماس لم يعد لها أثر في عنقها أو أذنيها أو حتى ساعديها ، ولا للجمال القديم مكان وكل من يجاملها الآن تحس فيه الفتور وقد علمتها الايام البرود ، فهي تعلم الآن انها لا تعني شيئا للرجال ، فقد أنتهى عهدها

٦٠

وهي تستقبل الخامسة والخمسين .

فجأة طرق بابها ـ العميد حسن ـ المعاون الإداري في أمن الدولة ، كان على علاقة بها منذ أن كان ملازما ، فتحت الباب واستقبلته . . دنا ليقبلها فأبت ، ثم سمحت له بالدخول ـ العميد حسن ـ تصرفاته تدل على غبائه بل هو شخصية ضعيفة ، شاربه الفضي يكاد يخفي تحت انفه الكبير الذي زاد ضمور الوجه ضخامة ، كان ذلك المنظر ممن لا يعرفه يستحق العطف ، ولكن لو علم الناس مدى إجرامية في قمع الشعب لكرهوه وقطّعوه قطعا صغيرة .

ـ ليس عندي شيء آكله . . فمنذ البارحة والمطبخ خالي . .

قالت شاكية :

ـ هل عندك شيء من النقود؟

فارتسم الامتعاض على شفتي العميد الباهتتين :

ـ بلا شك خذي . ناولها بعض النقود ، فلم يرق لعبير ما استلمت ثم خبأتها تحت وسادة الكنبة التي تجلس عليها .

ثم وجدت ان العميد يرنو اليها بنظرة غريبة ثم سألته :

ـ ما بك؟

ـ ابني يتردد عليكِ كثيرا هذه الايام ، وأرجو أن تمنعيه من المجيء يا عبير .

رمقته عبير بنظرة استهزاء ثم أجابته :

ـ عليك ان تُقلّم مخالب الشكوك ، فأبنك لا يشتهي حتى أن يتكلم معي ، أنه على علاقة بإحداهن ويتردد علي لكي اهيئ الجو بينهما .

ثم قالت وهي تنظر نظرة غضب الى العميد .

ـ كأبيه وأنا عندما كنا نلتقي في ايام الصبا .

ـ سيضيع مستقبله ، فقد بدأ يسكر بلا هوادة ، ولا يهتم لعمله كضابط أمن ، حالته لا تعجبني .

. إذن أخبره أن يقطع علاقته بست الحُسن ، فأنا . . (ثم قطع كلامها صوت جرس الباب) .

اضطرب العميد حسن ثم قام ليختبئ في حجرة نوم عبير ، قهقهت مستهزئة بالعميد ثم توجهت لتفتح الباب ، فإذا به الملازم ناصر أبن السيد العميد يقف أمام الباب .

دخل الملازم ناصر بملبسه ألأنيق ، جاكيتة سوداء وبنطلون اسود الذي نم على نحافته وطوله ، يتطلع الى سقف البيت تارة والى عبير تارة اخرى ، وقد أضفى عليه شاربه المربع الغزير

٦٢

الأسود وقارا ورجولة .

ـ أهلا بسيد الكل كيف حالك؟ (قالت عبير تحيي الشاب بحرارة وابتسامة عالية تدل على فرحتها بقدومه) . .

ثم جعلته يتبعها الى غرفة الضيوف وجلس على الكرسي بجانب الأريكة التي تجلس عليها عبير .

لمح الشاب الوسيم نظرة خابية في عين عبير ثم ما لبث أن سألها :

ـ هل زرتك في وقت غير ملائم يا ترى؟ صرّ والده أسنانه من خلف الباب وهو مختبئ في غرفة النوم ثم تمتم بصوت خافت وغاضب :

ـ فعلا وقح ، لم تأت إلا الآن؟

ـ لا ابدا (أجابت عبير لتطرد القلق الذي عمّ فجأة من وجهها بابتسامة مصطنعة . ثم سدد ناصر عينه الى باب حجرتها فلاحظت عبير ذلك ، ثم اسرعت بالقول :

ـ ما هي آخر نشاطاتك مع النساء ، ألم تقرر الزواج؟

ـ آه لا . . (ثم مكمّلا حديثه) عبير الجماعة . . . .

ولم يلبث أن يكمل كلامه حتى قفزت عبير لتسد ثغره بيديها

قلقة ثم همست له :

ـ بعدين صديقتي في الدار . سكت ناصر ، ولكن لم تقنعه بأن الموجود في البيت هو انثى ، وأن عبير تخشى ان تعلم صديقتها ما يدور بينهما .. بل هو مقتنع تماما ان الموجود هو زبون .... ولكن ناصر جاء بعد ان ظن عبير وحدها لكي يفشي لها بأمور خطيرة .

في الحقيقة قصة العميد حسن ، والملازم ناصر لهما أسلوب متشابه فالاثنان تورطا في بيع معلومات أمنية لجهات معادية للنظام الحاكم .. كما أن عبير كانت مؤتمنة لحظة انخراطها في بادئ الامر في العمل مع الجهات الامنية وكان ذلك في بداية الستينات مع العميد حسن الذي كان يعمل ملازما في التحقيق السياسي آنذاك ، وكانت له علاقة غير شرعية مع عبير واختارها في نفس الوقت للعمل معه لصالح عمله الأمني ، مستغلا جمالها وفتنتها ، اضافة الى انها كانت تملك صالون حلاقة وكانت مركزا للقاءات النسوية المشبوهة آنذاك .

ولكن بالمقابل عبير كانت ذكية كذلك .. فقد كانت تلعب على وترين ، وتسحب كل معلومة أمنية من العميد حسن بدهاء حاد الى أن تورط من غير ان يحس بأنه قد زود وغذى فضول العناصر المعادية بكل ما يحتاجونه في عملهم ، والآن وبعد

ان انتهت صلاحيته ونُقل العميد الى القسم الإداري عليهم ان يتخلصوا منه ، فالملازم ناصر ضابط كفء في قسم التحقيق وسيفي بالغرض .

قطبت عبير وجهها ثم ابتسمت وتوتر حالها وهي تخرج الابتسام بالتقطيب لتخلص من شكوك الملازم الذي بدأت تلازمه ، فهو ضابط ذكي رغم انه يستسلم لغرائزه بسرعة جنونية ، وبالرغم من ذلك فهو أذكى ضابط في قسم التحقيق واستطاعت عبير ان تكسبه وتورطه مع المجاميع المُعاديه بفضل طُعم النساء الذي لا يقاوم .

الجماعة المعادية التي تعمل معهم عبير أمعنوا في اصرارهم على ان يتخلصوا من العميد حسن ، وكل الاوراق والحقائق التي تؤكد تورطه معهم جاهزة بان تُرسل في بريد سري للغاية وشخصي الى مدير الامن العام . . إضافة الى افلامه الجنسية التي صورت مشاهدها من دون ادراك السيد العميد ذلك وكل الادلة موجودة منذ ان كان ملازما ولحد الآن .

الآن وقد كهل لم يعد يعني شيئا بالنسبة لهم ، حتى عبير التي رمى بها الزمان الى رذيلة الشيخوخة لا تقبله كعشيق رغم تلهفها للفراش في هذا العمر . رجع العميد حسن الى مكتبه منهكا خائر القوى ، ثم انكب على اوراقه تحت لافتة البسملة

ثم غرق في تفكير لا نهاية له ، فهو يحس بأن الملازم ناصر ـ ابنه ـ قد تورط مع عبير في تسريب المعلومات الامنية الى الجهات المعادية وهذا شيء خطير .

فتح عينيه بوجع كبير يحسُه في صدره وما ان نهض حتى تهالك على مقعده من ألم لازمه في صدره ثم تمتم في نفسه :

ـ لقد حل بي كيد العابثين ، لم تنجح امرأة مني ومن شهواتي ، هددت النساء بالجنس بينما ازواجهن يصارعون مصير الموت في السجن ، ظلمت وقتلت وتهدّمت بيوت الارامل من كيد ما عملته يدأي ، والآن دائرة السوء تدور على ابني .

ولكن الوقت قد فات ياسيدي كيف ستعالج امرا يرتبط بالتورط في أمن الدولة؟ وكيف ستنجي ولدك وأنت متورط بالأساس معهم؟ لم يكن يستبعد بأن التنظيم المعادي للدولة سيتخلصون منه في اي وقت يشاؤون ولذلك كان يفكر في الانتحار قبل ان يحين وقت اعتقاله بالمسدس الموجود في دُرج مكتبه . . وجاهز في اي لحظة لتصويب طلقة الرحمة في رأسه والاسترخاء الدائم .

ما يعانيه ليس سهلا فقد كهل ويحس بنفسه ان عهده قد انتهى بل انتهى بالفعل . . الباقون من زملائه قد ترّقوا الى رتب

الوية ومدراء محافظات اما هو مجرد معاون اداري جُمّد نشاطه بسبب سلبياته . . ومن مدير التحقيق الى ضابط اداري .

كانت عبير قد تلقت رسالة من التنظيم في الوصول الى معلومات وافرة ودقيقة حول مجريات التحقيق بخصوص عملية ساعة الصفر والتي خططت في ضرب المسؤولين الكبار بالإضافة الى الهجوم بصواريخ الكاتيوشا المحلية الصُنع على مديرية أمن البصرة . . إلا ان الأمن الداخلي وبفضل جدية عمل منتسبيه استطاعوا احتواء القضية والقبض على التنظيم الارهابي في غضون اسابيع معدودة وقبل خروجهم الى خارج القُطر .

وفي نفس الوقت لم يتأخر التنظيم في اعداد الاضبارة والوثيقة التي تثبت تورط العميد حسن معهم الى مدير الامن العام لاعتقال السيد العميد وإنهاء قصته ، ولكن بعد الانتهاء من المشكلة التي ضربت بهم وبأعضائهم المعتقلين في عملية ساعة الصفر .

رنا العميد حسن ببصر خاب وغمغم :

ـ أرجوكِ ابعدي ابني عن اللعبة .

ـ أما زلت تعتقد انني ورطته بالقمار والجنس . (قالت عبير وهي جالسة نصف عارية بقميص نومها الفضفاض على اريكتها

المُعتادة تحتسي كأس النبيذ الاحمر) .

ـ أنت تعرفين ما أقصد ، الرجل متورط بعمليات سياسية ولا أرى انه سيفلح كما أبيه في التعامل معكم .

ـ وهل افلحت في خدمتنا يا سيادة العميد؟ (قالت مستهترة وبضحكة ثملة وخبيثة) .

ـ صحيح تورطت معكم ، وكنتِ أنتِ اذكى مني بمعرفتك بنقاط ضعفي التي لم أقاومها ولكن ارجوكِ ابعدي ولدي عن طريقكم .

ثم وضعت الكأس النصف مملوء على الطاولة وقامت بقصد طرد العميد بهدوء :

ـ لا تطل حديثك ، على فكرة يا حسن انا بانتظار زوار ولو تتكرم الان بالمغادرة سأكون شاكرة جدا .

كانت صفعة ولكنه تدارك نفسه ، لا يستطيع الرفض فهي أقوى منه وتملك زمام الامر بيديها لتنهي قضيته .. كان حزينا ليس اي حزن فأين مكانته وهيبته .. اصبح قرقوشا يسخر منه الجميع ، حتى الحارس في باب المديرية لم يقم بتحية العميد في احدى الليالي اثناء عودته بسيارته .

احسّ العميد بأنه لا حيلة له فهو ميت بالرغم من انه يتنفس .

٦٨

صعد الى سيارته ثم اخذ يرنو بعينيه الى المنزل ، يراقب بعينين بائستين ثم ادار محرك السيارة وغادر .

الملازم ناصر كان حريصا جدا على تزويد التنظيم بآخر الاخبار والمعلومات الامنية فالسيارة الجديدة (المارسيدس) اغرته ، ونجحت في جعله يبيع كل نفيس ، لا يفرق بين الوطن وجسد المرأة فنهداها اصبحا وطنه وخلانه .. وكل يوم امرأة حسناء وأوراق الدولارات التي ترسل له في حقيبة جلدية فاخرة سوداء كانت كافية لأن تجعل منه رجلاً بلا ضمير .

إنه الان على علاقة مع فتاة ذات الاربعة والعشرين ربيعا ستتكفل به حسب أوامر التنظيم .

في صبيحة احد الايام وبعد سنه على ما دار للعميد .. وصل طرد بريدي كبير الى مكتب مدير الامن العام ، وبعد ان تأكدوا من خلو الطرد من المتفجرات تم فتحه للسيد مدير الأمن العام وكان يضم افلاماً اباحية وتسجيلات صوتية توضح تورط العميد حسن مع التنظيم المعادي .. فأصدر السيد المدير العام وبلا تردد مذكرة القاء القبض عاجلة ..

جلس السيد المدير العام ثم تأمل في ارجاء مكتبه الكبير حتى استقرت عيناه على لافتة تتوسط غرفته مؤطرة بإطار ذهبي

(عجبت كيف يخون المرء وطنه وقد حزنت لبيع داري لأخي) .

ولكن ما ان وصل خبر الاعتقال عن طريق هاتف من شخص مجهول الى السيد العميد حتى كان جثة هامدة في سريره ـ انتحر برصاصة استقرت في رأسه ـ ـ .

أمّا عبير فوجد اهالي البصرة جثتها تطفو على النهر الجاري بين مناطق البصرة فتم التقاطها وتحويلها الى مشرحة الطب العدلي . . والملازم ناصر يعيد دور والده مع ـ شهيره ـ ذات الـ ٢٤ ربيعا العشيقة المُندسة من قبل التنظيم وهي لا تقل بلاءا ودهاءً عن عبير عندما كانت في اوج شبابها . .

ولكن السؤال هنا : كم ستطول قصة ناصر مع شهيرة والتنظيم؟

إصدارات المؤلف

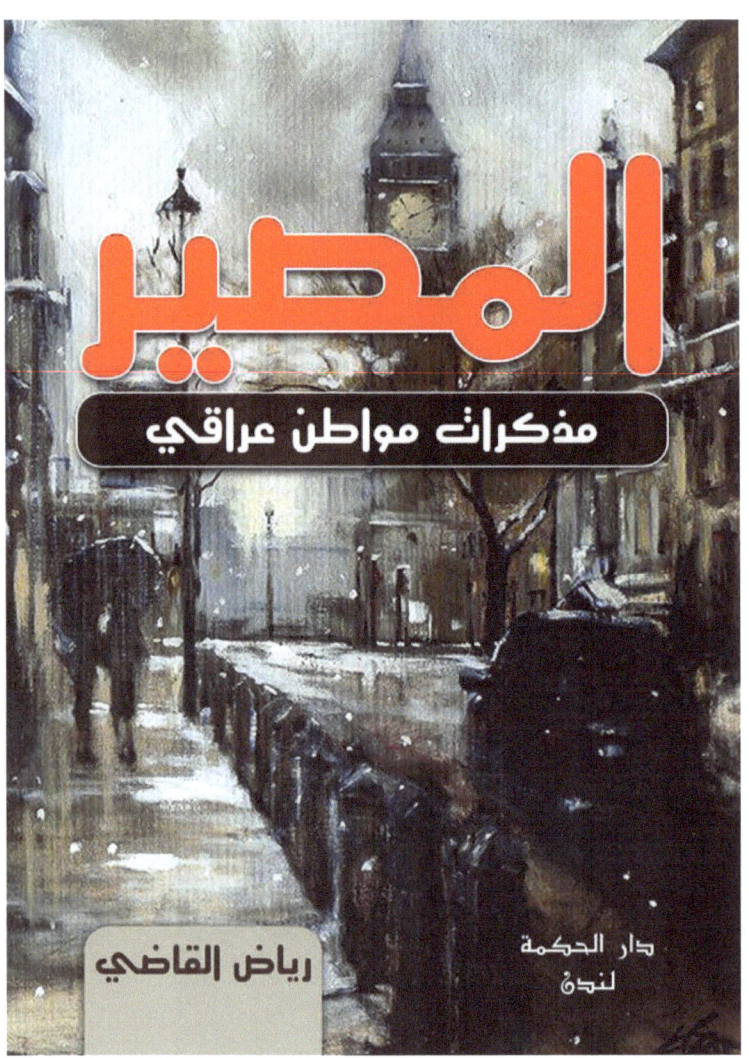

رسالة لرجل
في الأربعين
رياض القاضي
دار الحكمة
لندن
DAR ALHIKMA
Publishing and Distribution
ISBN
978 1 908918 89 5

letters written by a
man in his forties
-In Arabic-
By : Riyad Al Kadi
Ahmad Ali

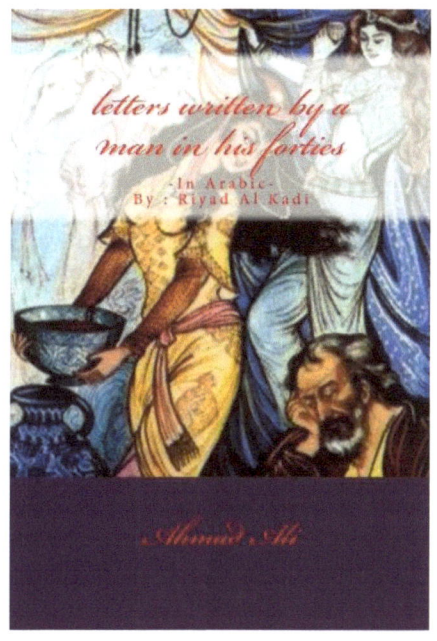

LOOK INSIDE
THE ERA OF WOMEN
-IN ARABIC-
AHMAD ALI

Click to LOOK INSIDE!
نسرين
Nisreen
-In Arabic-
BY: RIYAD AL KADI
AHMAD ALI

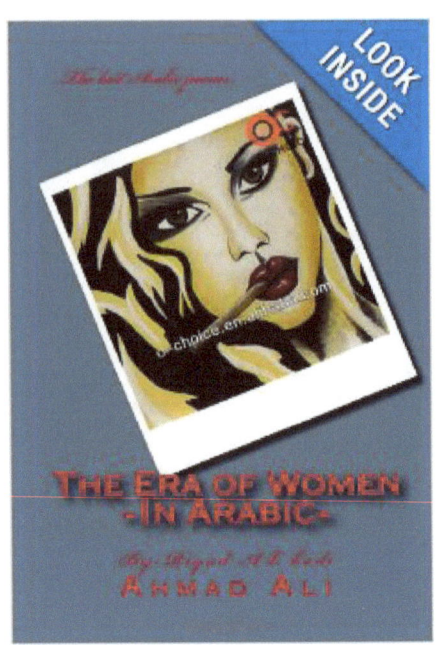

Click to LOOK INSIDE!
CONFESSIONS OF LOVE
RIYAD AL KADI
AHMAD ALI

Click to LOOK INSIDE!
Eve
-In Arabic-
By: Riyad AL kadi
Ahmad Ali

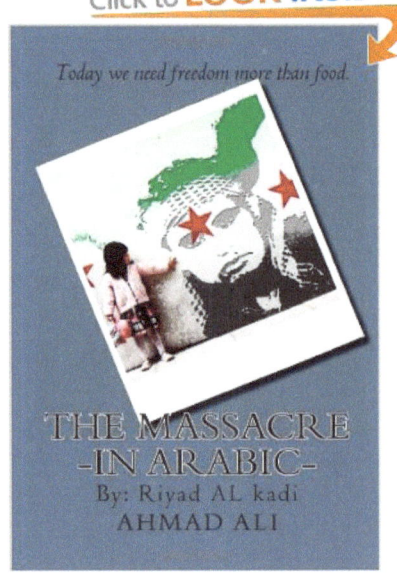

Click to LOOK INSIDE!
Illusion
-In Arabic-
Ahmad Ali
Riyad AL kadi

Click to LOOK INSIDE!
Today we need freedom more than food.
THE MASSACRE
-IN ARABIC-
By: Riyad AL kadi
AHMAD ALI

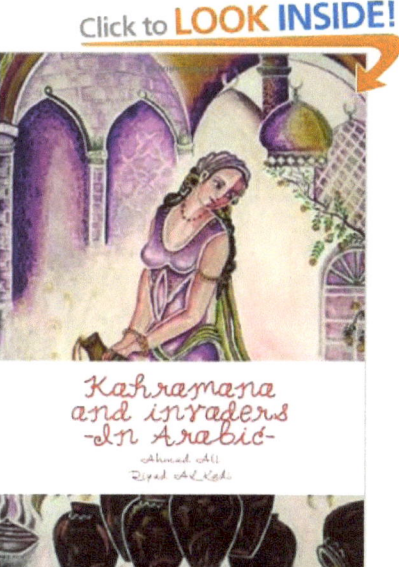

Click to LOOK INSIDE!
Kahramana
and invaders
-In Arabic-
Ahmad Ali
Riyad AL Kadi

Click to LOOK INSIDE!
Fire and
Ash
By:Riyad AL kadi
-In Arabic-
Ahmad Ali

فهرس

VΛ

I0526956

www.ingramcontent.com/pod-product-compliance
Lightning Source LLC
Chambersburg PA
CBHW040742250626
47164CB00001BA/3
9781784810061